海岱诗丛（第二辑）

山东水发集团诗词选集

山东诗词学会
水发集团有限公司 编

图书在版编目（CIP）数据

山东水发集团诗词选集 / 山东诗词学会， 水发集团有限公司编. -- 北京 ： 中国书籍出版社， 2022.9
（海岱诗丛. 第二辑 ； 11）
ISBN 978-7-5068-9178-3

Ⅰ. ①山… Ⅱ. ①山… ②水… Ⅲ. ①诗词—作品集—中国—当代 Ⅳ. ①I227

中国版本图书馆CIP数据核字（2022）第163543号

山东水发集团诗词选集
山东诗词学会 水发集团有限公司 编

策　　划　毕　磊
责任编辑　毕　磊
责任印制　孙马飞　马　芝
封面设计　庄俨俨
出版发行　中国书籍出版社
社　　址　北京市丰台区三路居路97号（邮编：100073）
电　　话　(010)52257143(总编室)　（010）52257153（发行部）
电子信箱　eo@chinabp.com.cn
经　　销　全国新华书店
印　　刷　山东麦德森文化传媒有限公司
开　　本　787×1092毫米　1/16
字　　数　4600千字
印　　张　226
版　　次　2022年9月第1版　2022年9月第1次印刷
书　　号　ISBN 978-7-5068-9178-3
定　　价　480.00元（全12册）

海岱诗丛（第二辑）
《水发集团诗词选集》编纂委员会

主　　编：赵润田

执行主编：郭秀生　刘肖军

编　　辑：李宗健

海岱诗丛·总序

经过一番忙碌，海岱诗丛终于面世了。山东诗词学会诸位同仁推我作序，欣欣然而从命。

海岱者，山东之谓也。这套丛书收录的是当下山东诗人及诗词爱好者刚刚创作的诗、词、曲、赋，花开千树，清露未晞，芳香浓郁。丛书出全，约费五年之功，达百册之巨，规模可类《全唐诗》，是新时代山东诗词创作的盛大检阅，亦是齐鲁诗坛俊逸之才的精彩展示。

山东地处黄河下游，历史悠久，文化厚重。在这片英雄的土地上，我们的先人创造了源远流长、光辉灿烂的文化。就诗词而言，从孔夫子删编《诗经》算起，两千多年来，历代诗人词家灿若群星，名篇佳作难以胜数，尤其出了刘桢、王粲、李清照、辛弃疾、张养浩、王禹偁、晁补之、李攀龙、谢榛、王士祯等宗师大家，皎如日月，彪炳诗坛。时至今日，齐鲁大地诗风甚盛。嘉节吉时，常见诗人雅会，乡镇社区，时闻吟诵之声，年无分长幼，皆以习诗为雅、能诗为荣。尤其近年党中央倡导弘扬中华优秀传统文化，诗词事业更得浩荡东风，千帆竞发，百舸争流，蓬蓬勃勃，一派兴盛气象。

山东诗词学会，成立于一九八四年，是在省民政厅注册登记的民间社团组织，隶属于省政协办公厅，以推动诗词繁荣为宗旨。面对先贤昔日辉煌，面对时代强力呼唤，面对文朋诗友殷切期待，二〇一九年四月，全省第四次会员代表大会提出，以习近平新时代中国特色社会主义思想为指导，团结奋斗，扎实工作，推动山东诗词事业持续健康发展，力争早日使山东诗词整体水平，与山东人口大省、文化大省、诗词大省的地位相匹配，与山东在全国经济社会格局中的地位相匹配，为实现省委、省政府提出的“走在前列，全面开创”的总体要求、为建设现代化强省贡献力量。围绕落实既定目标，于是就有了“六个一”活动，包括有了这套海岱诗丛。

所谓“六个一”活动，是省学会与县市区优势互补、互利共赢、联手推动诗词发展的一种合作模式。具体做法是，由县市区负担所需经费、组织人员、提供场地，而省学会在一年内为其提供六项服务。包括在该县市区举办一次高端诗词培训，邀请一批省内外著名诗词专家讲座，与文朋诗友面对面切磋指导；组织著名诗人进行一次采风活动，创作诗词曲赋，赞美该区域悠久历史、著名景点、淳厚风情；组织一次诗词有奖征文比赛，巩固培训成果，让风人骚客同场竞技、展示才华；策划一次集中宣传报道，在省以上报刊网站，全面推介该县区发展成就、经济优势、文旅特色、典型经验；正式出版一册诗集，汇纳该区域优秀诗作，展示诸位诗友胸襟才情，反映独特社会风貌；收集一套涵盖该县区历代诗人诗作资料，从先秦至民国，应收尽收，由省学会汇总编入《山东诗藏》，以资后世学习研究之用。

作为丛书，作者众，诗作多，规模大，则长短兼具，瑕瑜互见。优势在于，覆盖面大，代表性强，品类齐全，美不胜收。其中既有抗洪抗疫之时代强音，犹如黄钟大吕，振聋发聩，也有城乡工农之平凡生活，寓目辄书，情趣横生；既有春花秋月夏云冬雪传统美境，也有高铁航天手机网络现代意象。春兰秋菊，各擅胜场，慢慢品酌，各有妙处。正如一滴水可以折射太阳的光辉，当连续吟诵、沉湎欣赏，慨叹时代生活的丰富繁华，感受诗人词家的情感激荡之外，可以体悟各种抒发背后的骄傲与自信、悠闲与满足、宽容与厚重、开放与张扬，这些都是经历过大起大落、处在奋发向上环境中所特有的。它充满生机活力，属于我们这个特定时代。

从书之长，恰恰亦为其短。诗坛耆老味道醇美之作，只是一类，书中还确有些初窥门径，几近处女之作，犹之孩童蹒跚学步，其作品稚嫩一目了然，此类作品在书中占有一定比重。省学会已注意到这个问题。非不为也，实不能也。要提高其质量，并非一日之功，而省学会精锐饱学之士也为数非多，难以具体指导，况且时间也不允许。面对这种境况，只要政治立场、情感基调无大偏差，格律说得过去，我们就放行录入。这就使得该书诗作参差不齐，确有个别作品可能难入法眼，只能请方家以允许百花齐放之博大胸襟，予以包容。然而依我浅见，对初学之人、年轻后辈，也未可小觑。一番勤学善思，“干之以风力，润之以丹彩”，有佼佼者成长为辛、李大家，也未可知。毕竟世间无奇不有，万事皆有可能!

相对既定目标，当前所为，不过刚刚开端，展望今后，任重而道远。但既然走出第一步，有了决心、行动、典型和经验，达成既定目标便没有任何游移和悬念。可以设想，五年又或六年，当所有计划项目都事功圆满之后，山东大地，会有更多的人喜欢诗词、吟诵诗词，创作诗词，诗词大军更加宏大而严整；海岱诗坛，会有更多精品力作，如泉喷涌，万紫千红，新干老枝愈益果实累累。那时，回望今日，我们会为自己做了正确而大有价值之事，而感到骄傲和自豪。

是为序。

赵润田

二〇二二年八月

以青春之我　书写新时代靓丽诗篇

——《水发集团诗词选集》序

这是一个向着伟大梦想加速奔跑的新时代。

在党领导下的逐梦新征程中，水发集团作为一支年轻的生力军，在无资产划拨、无资金注入的情况下，白手起家，艰苦创业，用短短十三年时间，打造了水务、农业、环保三大省级平台和清洁能源产业集群，发展成为拥有 1700 亿元资产、3 万名员工、3 家主板上市公司的大型企业集团，创造了一个企业持续快速健康发展的奇迹。

一路走来，水发人开创了很多，付出了很多，也有很多话想说。遂发起采风和作品征集，辑录佳作成册。124 篇诗作和文章中，有古体诗、词、赋，也有现代诗歌、散文；有工整的格律诗，也有自由体诗；有数句短篇，也有跨页长篇。作品或豪迈激昂，或深沉隽永，或弘扬传统，或新风扑面，不乏惊艳之作，让人深深感受到水发人的事业心、家国情、文思才，也集中展现了智慧水发、活力水发、文化水发之风貌。

诗以颂绩。水发之绩，值得自豪。水利工程大利千秋——采风作者走近水发人在齐鲁大地建造的一项项重点工程，瞰水库、望长渠、观泵站，赞江山之美、感工程之利、察科技之先，为惠及亿万人民而欣喜骄傲。多元发展基业常青——水务、环保、农业、清洁能源、新兴业态，优质项目持续涌现，国际市场不断开拓，战略格局扎实构筑，高质量发展步步稳健。十三年成绩单令人瞩目，当作以诗歌记叙点赞。

诗以咏志。水发之魂，皆在志气。志在忠诚，始终爱党爱国；志在惠民，始终初心为民；志在担当，始终服务大局；志在自强，始终拼搏实干；志在坚毅，始终百折不挠；志在创新，始终求新开拓；志在卓越，始终事争一流；志在奉献，始终辛勤耕耘；志在和谐，始终刚柔并济；志在清正，始终清廉干净……由之形成的水发精神、水发文化，感染着、滋养着、成就着每个水发人，应藉以诗歌明心铭记。

诗以前行。水发之路，唯有奋进。这是一条绿色之路，我们要坚持践行绿色低碳理念、打造美好生态。这是一条高质量发展之路，我们要守牢安全底线、全力提质增效。这是一条科技强企之路，我们要紧盯行业前沿、发力研发应用。这是一条不可懈怠之路，我们要永葆创业激情、永存危机意识。这是一条改革创新之路，我们要永做特色发展、永远革故鼎新。这是一条凝心聚力之路，我们要团结众志成城、携手互助友爱。传承精神、集聚能量、再创辉煌，需行以诗歌鼓舞激励。

水发万物，生生不息。我正青春，朝气蓬勃。

愿水发人矢志不渝，奋斗不息，奉献不止，努力向上向前向未来，在伟大时代不断书写更靓丽的诗篇！

水发集团党委书记、董事长　王振钦

二〇二二年八月

目　录

第一辑　采风诗词作品

第二辑　征稿诗词作品

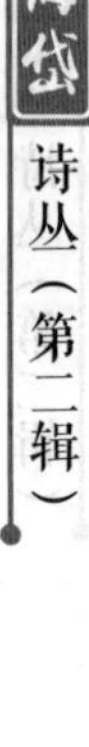

第三辑　现代诗歌作品

第一辑　采风诗词作品

◆ 孙义福

潍北二库

地下双龙吼，湾中众鸟游。

甘霖泽万众，只把赤心酬。

注：自广南水库加压站接地下双管，六十多公里到达潍北二库，向胶东四市供水。

水发集团引黄调水应急工程感吟

半岛苦连旱，急闻府令宣。

披星来点将，冒雪去征迁。

五市添清水，三年写巨篇。

但得纾众困，何盼绘凌烟。

水发昌邑宋庄分水口感吟

三龙吐玉涎，疑似趵突泉。

绿水巡青黛，清风抱白烟。

谁知黎庶苦，汝奏月弦欢。

极目从头越，旌旗更在前。

东营曹店黄水东调泵站感吟

老闸新桥缔良缘，引水东流半岛欢。
挥汗曾迎风与雪，源头款款送甘甜。

广南水库感吟

沉沙池畔水流连，翡翠镶成绿玉盘。
昔日天鹅何处去，喜看蒲苇染蓝天。

注：广南水库又称天鹅湖。

水发集团感吟

十年砥砺建奇功，千亿峥嵘主业雄。
更喜鲲鹏飞玉宇，乘风展翅博新程。

◆ 耿建华

济世水发功（新韵）

黄浪今东调，高闸可困龙。
清波千顷碧，暗管百年青。
甘洌天鹅至，艰辛骥骏腾。
造福多惠众，济世水发功。

赞黄水东调（新韵）

曹店双闸锁巨龙，共牵黄水助时丰。
沉沙过后波清澈，造创福基建伟功。

潍北二库吟

平原水库引鸥翔，翡翠盈光暑气凉。
赖有水发儿女力，赢来清碧化琼浆。

水发集团宋庄泵站（新韵）

一水分流送烟青，甘霖泽润惠山东。
弄潮更靠英雄汉，欣看凌云树旐旌。

◆ 郭秀生

水发集团宋庄泵站

喷流溅玉奏丝弦，一曲龙歌献水莲。
清澈欢奔滋润送，此泉趵突胜他泉。

引黄调水

涸泽焦烟断望眸，振兴诸业水凝愁。
引黄闸口闻风启，助力胶东百尺头。

水发集团调水感吟

渤海诸神不尽涌，满眸旱土卷颜容。
牵来黄带飘霖露，水发驱辞打点龙。

水发集团潍北平原水库

黄水盈湖潋滟新，鹭鸥惊客拍清粼。
一堆碧绿胶东送，生命之源润海滨。

水发集团引黄调水工程

圣命雄风万骑扬，摘星揽月武威藏。
黄龙伏令胶东去，普露甘霖宋福康。

水发集团黄水东调工程咏叹

九曲黄河远接天，迂回盘绕向东川。
浮沉华夏繁生代，甘苦春秋衍变迁。
舜帝布霖初志圣，禹王疏浚壮谋贤。
水星何惧风雷骤，勠力擒龙半岛牵。

◆ 李新华

赞山东水发集团（古风）

大道至简，义薄云天。
静初如水，听涛观澜。
山东水发，启程扬帆。
十年岁月，灯火阑珊。
沉沙蓄水，东调倾缘。
疏理黄河，丰沃肥田。
巉巉手笔，泱泱桑园。
义诚仁心，德优肝胆。
足踏芳土，俊写诗篇。
天之骄子，青春华年。
担当伟业，明珠凤冠。
纵横齐鲁，飞跃龙潭。
血泪相凝，情铺关山。

东近调水，西固湖湾。

南迎碧波，北战黄滩。

壮色人生，胜利宣言。

难忘初心，励历行坚。

驾驽云海，破雾向前。

山东水发，众民皆赞。

骄傲水发，中国点赞。

参观“山东水发引黄水入胶东”有感（古风）

黄河源自巴颜中，挟风擎雷入东营。

出关彰显蓝翠绿，吻过高原砂含情。

沉沙曾造万亩田，水发梳尘色碧澄。

提闸蓄波浪有意，润泽福岛供胶东。

◆ 郭顺敏

潍北第二平原水库题记

寻源直讶水澄清，间有鸥声闲处听。

信矣福泽云蓄满，开闸龙气到吟旌。

题赠山东水发集团

以水而发任洗淘，精诚大写业中骄。

淋漓再纵霞天笔，十万诗声热未消。

清平乐·黄水东调工程潍北采风记

锦心绣口，蓝色诗飞走。紫燕翩然留画久，一醉沉吟老友。　云来掌上抒怀，清风卷里铺排。三载龙头吐瑞，方得水业宏开。

◆ 王玉宝

曹店引黄泵站两首

一

万里黄河万里沙，沙沉沙起眩生花。

赖蒙水发降龙手，化作甘霖惠万家。

二（新韵）

黄河神女长衫秀，翡翠腰间魅力腾。

宽袖劲舒齐鲁地，谁人领舞入胶东。

致水发人

东西奔走挟风尘，黄水东调自得春。

卧听泵声鸣鼓角，行吟水色映星辰。

忘情每作凌云志，有梦常随振翼身。

播撒甘霖人幸福，大河月色古来新。

水调歌头·广南水库泵站

坐落黄河口，一水半城春。天鹅舒展来去，童叟乐天真。月照沉沙明静，云现湖天倒影，绰约尽铺银。本是龙栖地，击鼓水泵频。　　引黄闸，加压站，管渠身。恰如天造地设，僻处历青春。欲步禹王踪迹，仰慕李冰勋业，命脉事惟新。把脉先行者，水发驭鲸人。

◆ 封学美

功成水发

恩泽苍生重负肩，截黄管供暗流穿。
昆嵛作画春光绘，曹店开渠福祉连。
爱注偏乡滋旱亩，情钟伟业创奇篇。
桑麻绿染东风后，水发千群苦在前。

水发采风三题

一

胶东调水大工程，湖积沉沙浊浪清。
渠管成流滋故土，蛟龙布泽惠民生。
宜人春色由来景，入户甘泉别有情。
十载艰辛伟业在，采风倍感赞群英。

二

敢叫黄河化福泉，琼浆盈盏谢尧天。
群情汇智输心血，五市联姻结善缘。
娥姊堪悲偷蛊药，苍生乐道过松年。
月宫若引人间水，甘露烹茶舞众仙。

三

水发能工暗管铺，驭龙布雨化宏图。
十年谱作诗书画，双管输来牧果鲈。
沃野清泉融朗月，华堂嘉客饮屠苏。
泽恩难忘酬天道，一片冰心在玉壶。

水调歌头·黄水东调工程咏赞

一部英雄史，十载创新篇。引黄东调，龙脉延续话根源。泵闸接连心路，渠管浇开花朵，甘洁永流涟。润物得灵性，输液助人寰。　　经风雨，战寒暑，将梦圆。城乡织网、昂首龙口吐清泉。百万家资起步，千亿金钿入库，业绩喜空前。水发群英笑，惠众艳阳天。

水龙吟·水发人礼赞

奔腾万里绳龙尾，水发人奇观创。引黄东去，惠民利国，成真梦想。水库沉沙，澄清涤浊，凝情琼酿。举曹店渠首，泵扬加压，甘霖雨、从天降。　　眷恋初心不忘，顾生灵、洞穿叠嶂。拼流血汗，化泉润物，高歌永唱。管串城乡，拓源求质，泽恩分享。把宏图远展，江山如画，建功无量。

◆ 吕素玲

黄水东调工程潍北采风记

客自泉城至，吾从潍上来。
酒传诸子意，诗寄故人怀。
此处多仙景，今朝待俊才。
临行君未约，何日聚吟台。

题潍北第二平原水库两首

一

碧浪连天不见涯，青禾四野涨祥沙。
黄河浩荡藏母爱，润泽平原百姓家。

二

盈盈一碧接天深，洗尽铅华始作霖。
最是沧波流韵处，晴川遍野稻花熏。

题赞山东水发集团

潋滟沧波入杳冥，闸分两向岛烟汀。
三龙吐玉潮鸣处，水发当称科技星。

◆ 姜艳霞

黄水东调工程感吟两首

一

大闸横波水在胸，黄沙滤尽见真容。
甘泉引入千家乐，惠泽民生又一宗。

二

雨霁雪晴荒野处，汗珠河水汇蛟龙。
黄沙淘尽澄如许，甘泽万家情意浓。

水调歌头 · 水发人赞

九曲三山浪，波涌复西东。长河如带，鸥鹭飞掠任匆匆。自引飞流长助，便有潜龙俯首，千里济胶东。水发十年梦，史上立丰功。　　披霜雪，卧沼泽，战蚊虫。荒原鏖战，铁骨硬汉是英雄。东沐湖边旭日，西送沉沙晚照，几度过征鸿。黄水东调去，万户乐融融。

◆ 邢建建

第二平原水库感吟

淘淘黄水通三市，浩浩清波无四边。
暮去朝来流不尽，只随瀚海把心连。

赞水发集团（新韵）

科技兴国看水发，遍及齐鲁唤春华。
黄河引到三山上，一键开通千万家。

水调歌头·黄水东调有感（新韵）

上下齐聚力，还水色澄清。源流长在，祥和提笔写丹青。鸥鹭翻飞斜照，河鲤环游烟岛，红蓼遍前汀。云卷开合处，撒下满天晴。

赴三市，越七县，一线通。浪花作曲，勇气弹响小银筝。坚守一方净土，只为全程服务，万事不相争。欲奋百年翼，豪俊起山东。

◆ 陈延云

赞水发集团

国企泱泱雄一方，十年创业不寻常。
纵横世界多元路，水发花开遍地香。

到潍北第二平原水库

烟波渺渺浩无津，缱绻相随有旧鳞。
慈母之河调来水，清澄望里自相亲。

观引黄济青工程宋庄出水口有感

水发神奇筑卧龙，穿山越岭显神通。
扬威举首喷甘露，一道明渠奔向东。

参观潍北第二加压泵站操作间（新韵）

绿染机房无点尘，荧屏闪烁看得真。
鼠标在手全局控，科技前沿水发人。

◆ 包美荣

黄水东调工程之宋庄出水口

宛似化龙渊，雕栏相对眠。
沧澜浑物外，清澈出天然。
衔接云中气，分成陌上烟。
激流生德泽，幽谷听溅溅。

赞黄水东调工程水发加压泵站

一水拥沧波，天风至此过。
虚怀功社稷，伟业壮山河。
望里津涯远，行中气象多。
东流听海石，兀自做长歌。

水调歌头·黄水东调工程之潍北第二平原水库

平波窥度鸟，素练接垂云。苍鳞西起，一棹烟色邈昆仑。万点珠光明灭，千顷星槎隐约，日月做平分。悠悠出清冽，莽莽入雄浑。　鱼龙起，商飙近，縠纹皴。蛇行迤逦，持节自此向东巡。但倚巍巍岱岳，争见泠泠石浦，回首认前津。三四载晓暮，二百里风尘。

◆ 李九龙

赞黄水东调工程

洪浪欢声逐，清波涌管流。
胶东山道喜，半岛海迎酬。
千载规划重，万年谋福收。
初心为大众，水发夺功头。

话黄水东调

洪涛腾跃唱，黄浪卷身翻。
曹店明渠直，胶东暗管蜿。
桑田滋水润，湖海补资源。
大计千年梦，宏图一岁喧。

赞黄水东调两首

一

曹店明渠引水头，寿光暗管碧涛流。
千秋伟业人民颂，万代滋荫半岛州。

二

麻湾渠首水流东，入库沉沙管道通。
一路欢歌扬碧浪，二胡高奏大长风。

谒黄水东调工程有感

半岛水源奇缺情，引黄东调缓松生。
三年奋战工程就，五地连通事业惊。
曹店首渠标准建，胶州尾库达环评。
富荫后辈千秋德，造福人民万代荣。

赞黄水东调工程

黄水东调五市牵，洪流逐浪拍琴弦。
开泵虹吸明渠引，去污沉沙暗管传。
大禹疏通胜泛滥，李冰设巧截江川。
民生国计安全重，天道工程造福缘。

观曹店渠首感怀

胶东半岛水源稀，地表深探短缺奇。
曹店引黄流五市，因区设库浪三池。
农田灌溉河声梦，生活餐炊绿色基。
千载绸缪群众事，万年福祉惠民时。

永遇乐·水发颂

黄水东调，惠民千万，荫福无限。暗管明渠，沉沙去污，浩荡清波见。畅连五市，扬波逐浪，一路凯歌惊现。助胶东、资源增补，平添丽园行遍。　　山东水发，敢当重任，责任到人严管。百里纵横，高端科技，同施工程段。岛城香梦，潍烟威海，淡水补充盈漫。大齐鲁、蓬莱胜境，世人感叹。

◆ 张梦华

赞引黄东调工程（排律）

九曲黄河万里行，从来狂骜恣纵横。
劈山越岭侵争苦，没草除根洗掠惊。
自信欢歌归内海，却羞折戟在东营。
欣看水发钳龙尾，盛叹心谋筑闸闳。

围堰通渠掘深井，移民迁树造新城。

抢时铺设分流网，计量调开助产羹。

引浪经年常运作，滤沙累月尽逢迎。

朝闻曹店蝉声唱，暮饮胶州蟹爪烹。

勇往直前憨本色，默言实干醉真情。

天成伟业时人赞，德善虔修写世名。

◆ 王如敏

咏水发集团

兴修水利福人寰，东调黄河半岛间。

惠泽民生施就业，减排环保节能源。

咏东营广南水库

沉沙池里碧波连，清映蓝天胜翠妍。

鸭戏鹅游飞白鹭，达标水质近名泉。

注：鸭鹅指野鸭与天鹅。

咏潍坊宋庄泵站

未臻泵站喜闻弦，见到让人惊半天。

趵突约来泉黑虎，赠分清水润青烟。

注：泵站池面因下有出水管口故三处水面涌突酷如趵突泉，池壁镶有三个石雕虎口喷水颇如黑虎泉。青烟指青岛与烟台半岛地区。

第二辑　征稿诗词作品

◆ 刘时喜

沁园春·抗疫

华夏云暗，千里城封，万里路断。望三江内外，人迹杳杳，五湖上下，顿失喧嚣。魍魉新冠，病毒小妖，欲与非典比风骚。风正号，看南疆北国，其势滔滔。　　炎黄自古傲娇，岂容污秽杂碎狂扰。去江城亮剑，何惧险危。疫区横笛，大医节高。举国支援，众志成城，神州处处战旗飘。执长缨，待泱泱大地，光耀今朝。

◆ 马德勇

水调歌头·水发颂

鼠年抗疫难，神州齐心连。号令擂鼓如山，疫后艳阳天。砥砺担当前行，再创辉煌争先，新旧动能转。脱贫战攻坚，捷报喜频传。　　水发情，众同心，勇高攀。品牌山东，大刀阔斧谱新篇。海有风云浊浪，山有雨烟屏障，水发筑雄关。十年千亿元，整装大发展。

◆ 张学峰

西江月·水发赞

引领深耕水务，使命担当向前。智慧管理数星团，首位战略当先。　　昂首雄踞华夏，揽胜五洲梦圆。十年千亿锋芒显，擘画更大发展。

◆ 孔令龙

黄水东调赞（古风）

九天银河一日落，十万大川走磅礴。
黄调引来激流聚，淘尽沉沙济涸泽。

少年游·水发十年

十年风雨同舟过。水发起巍峨。积跬万里，汇流成海，几经辗转周折。　　创业怎觉秋光老，激情难蹉跎。韶华谱写，一曲新词，天涯共此刻。

◆ 李　佩

励君行（古风）

人事难免力落寞，未有功绩已蹉跎。
微红尚有盛开时，为人何不攀高升。
意欲他日跃高阳，莫畏险峰与荆棘。
愿君忘却今日苦，苦尽甘来尤是福。

◆ 高中昊

黄水东调，利在千秋（古风，藏头诗）

黄河之水天上来，水调声长传天籁。

东升旭日红满池，调水丰功千秋载。

利泽万民齐欢腾，在耳赞誉犹如海。

千万湍流翻银龙，秋水长空各出彩。

◆ 单亚南

百字令·水发环保

水

利民

育万物

上善若水

则刚柔并济

亦能润泽民生

不争万物而至善

有九曲黄河万里沙

复念不尽长江滚滚来

今日水发集团聚焦民生

愿惠民强企利国达善

立足山东走向世界

并永葆创业激情

永做特色发展

得社会认可

发展惠民

利千秋

水发

善

◆ 杨文倩

实“鼠”不疫，“牛”转乾坤（古风）

鼠年二零，真是不易。

疫情当前，齐心协力。

奋勇向前，共同抗疫。

中华实力，毋庸置疑。

扭转乾坤，遂心如意。

凡是经历，皆是机遇。

举国上下，交口称誉。

元旦将至，和衷共济。

展望未来，满目欢喜。

二零二一，未来可期。

二零二一，万事胜意。

不忘初心·牢记使命（古风）

全面脱贫苦来难，精准扶贫是关键。

共产党人靠群众，执政为民莫等闲。

上善若水是理念，人民群众记心间。

不忘初心有始终，发展惠民表初衷。

小康路上旌旗展，山川大地换新颜。

◆ 李忠斌

国强民富（古风）

改革开放大踏步，锐意进取攀高峰。
严冬迎来温暖春，久旱逢上及时雨。
达到小康奔大康，人民生活赶欧美。
人民票子兑黄金，一带一路连欧亚。
非洲之行援贫困，联合国里话语重。
公平正义压霸强，祖国强大我幸福。

◆ 柳玉波

贺黄水东调一期工程通水成功（古风）

大禹治水九州浑，滚滚黄龙出昆仑。
泽润齐鲁建功业，调水工程惠民深。

贺水发集团成立十周年（古风）

上善若水兴齐鲁，发展惠民守初心。
载歌载舞迎盛事，十年辛苦滋味深。
战略引领明方向，产业支撑筑基根。
革故鼎新再奋进，苍松北国正青春。

◆ 刘福磊

初冬寄集团语（古风）

水载华船驶远方，发展特色彩帆扬。
集合众力行世界，团聚人民促国强。

◆ 孙　磊

水发风采颂（古风）

十年风雨历沧桑，水发儿女多愤强。
一穷二白始创业，万人千亿助兴邦。
水利农业同发展，文旅能源共启航。
不忘初心立新志，牢记使命续辉煌。

◆ 马天航

水调歌头·水发再出发

峥嵘十一载，锻筑水发魂。遥想传统水务，旧貌焕多元。不忘产业初心，布局智慧平台，动能向新变。中流更击水，奋进改革深。　新动能，高质量，聚主业。水发模式答卷，齐鲁创样板。回顾创业征程，更应重担向前，新时代谋篇。国企勇担责，踏浪鼓云帆。

◆ 洪晓丹

水发十一周年颂（古风）

九州定鼎七十载，华夏兴盛世人赞。
党政军民契不舍，国泰民安外邦羡。
改革开放展宏图，星团融合谋发展。
首位引领共奋进，水发群英齐争先。
犹忆往昔论远方，今入水发梦实现。
爱岗敬业习操作，水发精神记心间。
庚子之年不平凡，抗击疫情经磨难。
勠力同心创未来，建功立业作贡献。
爱党爱国爱人民，十一周年共言欢。

◆ 李志岩

记集团十年变迁（古风）

万里山河一幅画，十年风雨三杯茶。

居安思危再前进，革故鼎新又出发。

◆ 王 颜

南源颂（古风）

管子水地，齐水之源。

于陵遗风，孝妇佳话。

董永孝感，聊斋话狐。

水生万物，民生所系。

水清风正，民心所易。

德义勇法，正察善治。

孔子观水，此为八德。

地心仁信，老子八章。

悠悠南风，上古之音。

饮水思源，报之琼浆。

纯净水厂，旧貌新颜。

春风洒雨，海棠泪下。

丁香丝结，青春欢笑。

庭院信步，曲径悠然。

身肩重责，严谨于心。

层层过滤，滴滴精纯。

清冽爽口，洗涤心灵。

用心做水，智者乐之。

乐水惠民，润泽万家。

注：《管子》水地第三十九篇中“水，具材也。”水是具备一切的。管子从水中看到仁、精、正、义、卑的含义。夫齐之水道躁而复，齐国的水湍急而流量大。一方水土养一方人。管子认为各地人的特点、性格不同，都是由于水性所致，要改变这些关键在水。周村古时称为于陵，于陵仲子讲究顺其自然，无为而治，道德精神至上。孝妇颜文姜侍亲取水、董永卖身葬父、蒲松龄创作《聊斋志异》的故事流传至今影响着我们。万物没有不依靠水生存的。水若纯洁则人心正，水若清澈则人心平易。孔子在“东流之水”中读出了“德”“义”“勇”“法”“正”“察”“善化”“志”等种种意味，圣人们都对水有着不同的哲学意义的体悟与洞察。老子《道德经》第八章：上善若水。居善地；心善渊；与善仁；言善信；政善治；事善能；动善时。发现水的七种善。

悠扬的南风曲子相传为上古时期虞舜所作，代表着上古人民淳朴善良的特性。饮水思源，饮其流者怀其源，水滋养我们，必定生产出高质量纯净的水来以回报大众。阳春三月惊蛰动，纯净水厂换新颜。2020年注定是个不平凡的一年，年初新上的生产设备投入运行，厂区重新修整，车间、办公室焕然一新。春风带雨，院内繁花似锦的海棠花像下雨一样缤纷落下，煞是好看。满院白色、紫色的丁香花像丝带一样散发着阵阵清香，鸟儿欢悦的在树上唱歌。丁香花的花语青春欢笑象征着我们摩拳擦掌、斗志昂扬的工作。在厂区院内随便走走，幽静的小路带你看到美丽的风景。就像《泰山颂》里所说“伊甸桃园，谁堪比肩”。生产纯净水，我们身肩重责，牢记食品安全第一，严谨于心，用心做好每一件事。生产的纯净水经过层层过滤、消毒、检验，保证每一滴纯净水都是安全可靠放心的。口感清冽爽口，喝纯净水能改变人的心情，净化心灵，静心、向善，提升幸福感。像水一样安逸自在、清净，心至纯，行至善。用心做好纯净水，智者乐之。瀚海人用最干净纯洁的水服务大众，润泽千万家的生活。

南源是淄博瀚海水业股份有限公司生产的纯净水品牌。

◆ 张 峰

海蓝鲸（古风）

众志成城展翅飞，益国益民增光辉。

鲸落万物百年计，选兵秣马里程碑。

注：当鲸鱼在海洋中死去，它的尸体最终会沉入海底，它的尸体可以供养一套以分解者为主的循环系统长达百年。淄博众益环保科技有限公司以“一鲸落，万物生”作为企业文化，以“海蓝鲸”作为企业吉祥物，寓指环保事业对后代的影响意义重大。

◆ 季夫萍

庚子年双庆有感

嘉年吉日逢双庆，故国千秋月亦圆。

翻转苍黄开舜宇，革新鼎俎理尧天。

南疆铁甲金瓯策，朔漠青锋紫塞烟。

素菊红莲今一祭，雄碑百丈义长悬。

咏水发（古风）

十载征程不寻常，千亿规模树榜样。

扬帆奋楫再出发，首位争先创辉煌。

星海融聚汇力量，源远向前绽光芒。

上善若水致中和，发展惠民振家邦。

咏水发生态（古风）

壮志凌云节节高，砥砺奋进见豪雄。
若水厚德济民生，聚力生态襄繁荣。
通文达旅窥天道，循流而下顺人情。
业内永居龙头望，从今破浪又乘风。

◆ 刘济民

雨夜游泰山（古风）

青青千丈崖，嫩嫩万顷松。
坎坷山间路，迷蒙雨中情。
云海天门跃，狂涛随我行。
朝霞扶日起，五岳尽光荣。

◆ 张　倩

浪淘沙

窗外雨潺潺，风起云翻。远眺天际淡如烟。尽洗铅华炎黄地，纤尘不染。　　秋意独微寒，闲倚雕栏。俯瞰华夏万里山。五星红旗遍九州，迎风漫卷。

◆ 李梦楠

水发和四季（古风）

春雨滚滚卷地风，春山无色水意浓。
春红纷纷堕入泥，春梦无痕香泪凝。
最是夏雨了无情，花开时节动刀兵。
听雨淅沥添宁静，湮灭夏蝉几喧嚣。

都言秋雨贵如油，哪知雷公也来凑。
雨水共携汇水发，发展惠民谱新章。
闻来一季雪落下，疑是天兵伐舜尧。
披衣远望翠满园，脱贫攻坚丰收年。
此时，
水发子女在奋斗，精进团结勇向前。
正是，
国家决胜奔小康，勤俭节约久流传。
吾辈当，
不忘初心，牢记使命，
创业不息，春风更近。
栉风沐雨，百炼成钢。
心诚品正，积极向上。

◆ **孟 辉**

惠民水发四首（古风）

一

山中有树树成峰，东边日出夕边红。
水中花朵独一帜，发展惠民得民拥。

二

集得人才创五风，团结一致与共同。
公而忘私齐奉献，司马扬衫袖清风。

三

上南落北辛勤汗，善始令终如水潺。
若惊不馁齐头进，水石清华又一山。

四

发无虚弦天无腊，展土开疆破城塔。

惠子可知我心事，民生天下泽万家。

◆李 强

登韶阳楼（古风）

孤山出高楼，矗耸逼云涌。

登临风惊耳，俯瞰一关城。

浈江绕玉带，逶迤远南岭。

凭栏多思绪，当胸万丈生。

汉使归南越，铁骑洒旗红。

舍身逐真理，将军战梅峰。

百险轻赋诗，三章豪气冲。

千古有风流，江山自留名。

半百为事难，莫怕流年空。

愿做铺路砾，埋身鲁粤中。

漾漾南去水，翩翩北归鸿。

何物最相托，能寄一腔情。

战南陵（古风）

2018年春，始建南陵市许镇、弋江、三里、河湾乡镇污水处理项目，历经两载，建成运行，忆往昔，看今朝，心潮涌动，感慨万千，赋诗盛赞南陵建设者。

南依群山北望平，水波潋滟楚吴风。

周郎借重偏蒋军，当年仲谋逞豪英。

滚滚江河逝年华，稻花香里留古冢。

莫评昔日风云事，今朝吾辈战南陵。
拓新克荆不畏难，除屙清浊为民生。
弋江许镇朱颜美，三里何湾初露容。
一湖一区新征战，治污路上步未停。
呕心沥血沐风雨，新工利剑缚污龙。
我有诸君可傲天，民借汝力一方净。
待到尽处吐翠珠，南陵公司箸头功。

满江红·贺水发十一周年

十载如砺，三千日，韧恒不辍。争朝夕，万人奋桨，擎天一舵。千亿巨舰矗齐鲁，古城之东立大业。看访谈，倾侃侃珠玑，壮志烈。　为民生，精企业。牢初心，求突破。看水发，当击中流飞跃，更有妙手布大局，大国五百英名列。到有时，若水滔滔，天下彻。

◆ 崔银玲

冲刺500强（古风）

上善若水，发展惠民。
二零二零，冲刺五百。
担当作为，逆势发展。
凝聚共识，砥砺奋进。
中流击水，破浪前行。
速度质量，比翼齐飞。
幸甚至哉，歌以咏志。

◆王　梅

再征十四五（古风）

水善至上成佳话，发展为民利中华。
锦绣河山绘远景，盛世华章添彩霞。
惠民强企人人赞，利国达善户户夸。
上下齐心建设好，都道水发似吾家。

◆张付宏

西江月·水发一纪

高掌远跖一纪，剖竹建瓴十年。云程发轫于齐鲁，不矜不伐不言。韬光逐薮为民，含章可贞兴泉。藏镜十年万丈光，终汇壮阔波澜。

◆张　倩

水发瑞清腾飞（古风）

水自祥山入济，发齐润鲁大地。
瑞云诉说孔孟，清风微拂私企。
腾起无忘党恩，飞跃只待明曦。

◆李书红

与水辞（古风）

水发日日昂首进，绿水青山新篇来。
万里山川共见证，我辈自当恒心爱。
脱贫攻坚赴小康，披星戴月思创业。
筚路蓝缕前人路，只有未来可期待。

注：水发集团一日一日昂首阔步前行，谱写绿水青山的华篇。万里

山川共同见证，我们这一辈人将永远铭记水发初心，勇担使命。脱贫攻坚共赴小康的日子里，水发每位员工都在为水发事业而努力奋斗，披星戴月在所不惜。望大家不要忘记前辈们筚路蓝缕艰苦创业的过程，未来必将更加美好。

◆ 陈生涛

颂祖国（古风）

党的领导英明正，政府职能转变好。
军队改革国家安，民心所向决策准。
学教改革人才举，东成西就华夏兴。
西电东送能源新，南水北调民生惠。
北斗上天科技先，中部崛起国策英。
深化改革突破大，国力提升台阶上。
脱贫攻击成果累，粮食产量稳定保。
生态环境明显改，开放政策持续扩。
人民生活水平高，文化事业发展多。
军队建设水平升，国家安全和谐稳。

◆ 芮青梅

十大成就颂（古风）

全国工作党引领，辉煌成绩得肯定。
小康社会已建成，东方神奇世人称。
内外形式均复杂，举国上下都不怕。
综合国力再增强，美好生活人民享。
稳中求进促发展，改革开放行致远。
经济发展见成效，产业水平大提高。

科技创新排第一，激发人才新活力。
农村农业先发展，乡村振兴进步欢。
青山绿水好家园，人民生活大改善。
统筹发展保安全，幸福生活获得感。
祖国繁荣奔前锦，人民福祉记在心。
祝愿祖国永世好，百姓生活节节高。

◆ 陈生涛

抗击疫情（古风）

冠状疫情病毒侵，众志成城抗疫情。
各级政府忠值守，不信谣言不传谣。
少出不聚自隔离，有事出门戴口罩。
居家通风勤洗手，卫生消毒效果好。
返乡登记最重要，交通出行测体温。
延长假期有好处，特种行业守岗位。
监督检查紧跟上，政治纪律要严明。
党员干部齐带头，体现责任和担当。
捐赠物资送武汉，白衣天使显英雄。
科学防治精准策，党旗飘扬在一线。
水发十年结硕果，上善若水求卓越。
发展惠民献社会，不忘初心记使命。
同舟共济齐参战，众志成城克难关。
打赢疫情阻击战，美好生活万年长。

◆ 薛宝玉

赞治理雾霾（古风）

应朋友成诗要求，诗中必须嵌入“一、二、三、四、五、六、七、八、九、十、百、千、万、亿、兆；寸、尺、丈；东、西、南、北、中；上、下、左、右、前、后”，遂成诗以赞上下治理污染之功业。

九州互助攻难中，四海五湖又一湾。
上下索求千企闭，劫来左右万辛艰。
后前南北八荒路，六合东西分列班。
三百六行行里禁，七十二变难逃山。
丈长寸短论尺策，定当消除雾霾关。
亿兆人民齐奋力，中华有梦碧天还。

雨后游抱犊崮（古风）

抱犊崮地处兰陵县西南侧，以“雄、奇、险、秀”而为鲁南72崮之首，其崮高90米，顶平四周陡峭，被誉为“天下第一崮”，有幸多次游览以记之。

兰陵西侧仙山落，七十二崮冠首巅。
雄踞鲁苏寰四宇，远观东海势连天。
扬威齐鲁无双崮，举世闻名美话传。
奇险秀雄生物众，往来今古写诗篇。
竹林庵里悲青女，暮鼓晨钟可悯怜。
清华寺房今不在，空前盛景枉修禅。
纵传释道分先后，奇观巢云未见仙。
风月无边谁醉卧，桃源仙境会儒贤。
君山云滚翻波浪，雾海朦胧海水连。

难越天梯危又险，天台极处走平川。
阴阳界里孤身下，一线天前独影单。
登顶顿知心自远，人山共渡白云溅。
冬离山黛春先到，花放悠闲蝶绕前。
溪水潺潺桃李散，绿蓬连接怒云卷。
流霞飞泻平坡染，自有秋风洗岁年。
飞尽漫山零叶落，朔风萧瑟雪翩翩。
二三村落描苍翠，十里幽途画翠田。
街妇耕夫多暇憩，残阳天碧少炊烟。
群峰壁立围芳甸，漫步黄牛垄上牵。
何必苦寻秋爽意，山间濯足有清泉。
斜风缕缕灵峰抚，细雨丝丝湿草穿。
山绿林深幽静院，水清凄戚苦青莲。
殿前香烛犹纷扰，不识谁家近佛缘。
踏遍清虚遮碧幕，未闻昔日燥鸣蝉。
银河七夕春宵聚，未见深山返鹊鸢。
梦里依稀繁锦盛，脱离尘世色空眠。
身前花待无声落，脚下冰心水起涟。
朱阁飞檐僧闪过，驻停思量志无坚。
残垣断壁围陀佛，寡欲清心抚七弦。
任凭韶华霜染鬓，不知何日寄红笺。
时时抛却凡尘事，日日翻经旧事缠。
终有红尘需了愿，返程归去佛心迁。

梦游东平湖（古风）

公司位于东平湖畔，因工作繁忙，一直未能成行游之，道听途说其美，以天马行空之姿记之，是为梦游东平湖。

浩渺烟波八百里，天连碧水水连天。
水泊澹澹清虚寂，一叶轻舟碧水边。
夕照朝霞涟艳绛，微风晴空荷花鲜。
蒙蒙雨色江南味，飘雪茫茫塞北天。
水鸟春回应早迎，燥风夏至绿清溅。
飞来秋絮披芦苇，苍莽深冬白雪翩。
渔猎人家风雨荡，成群水鸟宿洲前。
扁舟划水留明镜，倩影惊鸿水里翩。
芦苇荡中穿小舢，香蒲滩上钓垂单。
秋冬春夏东平水，雨雪风霜梁山川。
逼上梁山名美传，梁山水泊摆豪筵。
聚义厅里明灯照，热血为民有圣贤。
遥想英雄风出入，兵戈铁马已长眠。
青山埋骨谁相见，一世英明蹈火煎。
点将遗台谁应答，旌旗招展土埋廛。
飘香美酒应知否，斜照阳关万古年。
城廓几经旗变换，人非物是景犹怜。
可叹过往成常事，残影沧山笑缺全。
流水无声残壁立，白云悠过断垣田。
可怜一百单八将，只有苍凉野史篇。
生子当如孙仲谋，伏槽老骥万谋千。
运筹成事参诸葛，结义梁山水浒缘。

迤逦荷花撩碧月，天街一泻长河悬。

梦中千万银星落，难尽东平述概全。

玉堂春·春思

碧波山黛，杨柳梢头堤外。拂面春风，尽扫冬颜。漫步晴时，觅岸边欢燕，应是衔泥闹那园。　　不道东风吹面，谁堪三月天。记得年年，怨恨天涯远，又是一年影独单。

玉梅香慢·春语

青嶂连绵，流水不断。应是风光无限。日暖晴川，云端深处，犹有三春山远。百花乱舞，相互对、妒争赞。情撒花间，拟向天边，也如飞燕。　　任它气豪万万。易消融、断雄心叹。寸寸柔肠，自古莽雄嘘短。便有飞蜂蝶恋，花语浅、尽舒淡蕊卷。自此情牵，春风聚散。

飞雪满群山·冬思

别后茫茫，全无音信，念归日夜思君。冬来秋去，萧萧风露，不见雁画青云。欲消愁借酒，却恰似、抽刀断巾。借流云寄，千言万语，痴恨落红尘。　　犹记得、青春年少志，意气皆无惧，气壮昆仑。莺歌燕语，卿卿我我，想来更是如真。应怜谁人问，寒风冷、凉襟薄裙。只期暖日，风和月丽阳艳春。

绿色矿山创建有感

2020 年 12 月，经全体员工一年多的努力拼搏，山东水发生态环境产业发展有限公司终于以优异的成绩进入山东绿色矿山名库录，赋诗以纪之。

移山志坚，天堑变通途，高峡出平原。豪气冲天青云敛，千锤加百炼，日夜兼程黑白连。谁曾知，三百六十日，兢兢又战战。

如今青绕满山，愚公精卫当若知，也叹人间换了天。展宏图，沧海桑田莺莺喧，只为绿色满蓬山。莫道前路堪不破，登高远，方知山外山。无方有，为哪般，一蓑烟雨踏平川。抬望眼，松下数流年。

登秋山赋

公司地处东平县，四面环山。每日清晨早起散步，有感。

时在深秋，登山以揽。山静鸟鸣，百草悲衰。地处东平，雾澹澹兮天青，云若无兮微霞。群山巍峨兮如蒙山，平湖阔渺兮似沂水。

山僻路稀，林深若无。登顶路险，及顶心宽。极山川之浩荡，目碧空之万里。山角一庙，年久失修，蛛网密布，香火无续，风鸣檐咽。心香一支，袅袅丝烟，得愿所归，万物皆顺。

百虫千草万木，碧空白云朝霞，顺天应地，时序节令，浩浩不绝，汤汤不断。唯得天地之道，人和万物方兴，久兴无衰，世代更替，有常无常，是为恒一。

夫人生譬如草露，映日月之辉而光泽，沾天地之气而兴旺，无逆行之道，则可无烦恼。更观日月星辰、行天地河海之道，阔胸开眼，弃烦丢恼，静心顺气，穷理极致。虽不能通天贯地，亦能人生哲理，保顺护安，乐享时日。

坦荡宇宙，人生无愧，浩渺星云闪烁，万粒黄沙一颗。各行其局，各运其轨，各安其道，无所逾矩，是为自然之道，生存之理。纵不能堪破红尘，亦如红尘之微芥，惺惺而独安也。

时维秋序列，霞灿映群山。鹊独鸣长响，鹰盘断岭间。
谁能逍在耳，人世梦中闲。浩渺星空广，海沙一颗般。
山隅中立庙，香火失朱颜。手捧心头献，诚虔一柱还。
微澜充点芥，穷理至天关。莫道平湖阔，长行密嶂间。
秋深荒草乱，雀夺粟无还。人世当知退，常怀遇事艰。

霞光披万物，理照易行攀。俯地穷无际，抬睛极碧寰。

凉风吹鬓角，寒露湿青衫。来去寻归路，行当稳待还。

登山铭

维在季春，时指清晨，净土夜深淋小雨，车稀碾路传声远。风和日丽，鸟鸣林深，青幽山峦昭日月，四时风光及水山。林深路艰，思绪万千，独步于山野之地，徜徉于旖旎藤蔓。

伴鸟鸣而辨捷径，望山巅而拨草繁。汗淋淋方及山顶，喷薄旭日耀群山。呜呼，世有事艰？唯有心艰。

及登山顶，目极四川。浩浩汤汤，流水东湍。感慨之系，油然而喧。

时年四十有余，而业尚无树建。流连于红尘之纷杂，蹒跚于人生之苦难。

回首渺渺，极目人生，感叹时光之转盼，未来路漫漫亦短。有子弱冠，幼子绕膝，双亲年迈居老宅，内室抛头于市间。生活拮据眉须低，耕于温饱之底线。

立长志，空笑更漏短。多学习，终归有箴言。

彩霞朝日，气象万千，立世背时莫沉沦，处低望高激扬间。

暮空蔚蔚，日薄西山，人生得志安能傲，极目四野而悯怜。

风凉气爽，轻雾澹澹，拨开迷雾望人间，看红尘长笑清闲。

趵突泉公园游记

夫齐鲁依山傍水，孕育山水之灵也。面渤黄之阔，三面环之而蕴其富；倚泰岳之险，一山独尊而领百家，其乐山乐水者，乃仁智之地也。泱泱古国，礼仪之邦，历数千载帝王而不衰；古城新貌，秦关汉月，尽展华夏文化之风韵。五岳之首，泰山岱宗，帝王争拜，无越其上。孔孟之乡，四书经典，灿若星辰，韦编不尽。忠勇侠士，保家卫国，俯拾皆是，不可胜数。

齐鲁济南，有缘一游，遂记之。济南亦名泉城，故因泉多奇美而得名，可谓风水旺而英杰出，神医扁鹊，唐名臣房，秦琼卖马，皆源自此。诗仙、诗圣、二苏、婉约、豪放派词人等文人墨客多来此生活、游历，所留墨宝、遗迹甚多，故有“济南名士多”之美誉。

盖地因文而名，景为文生色。趵突泉、千佛山、大明湖亦由此而名扬天下。

趵突泉公园雅居济南市中心，南依千佛山，东临泉城广场，北望大明湖。以清泉为线，以古迹为点，以园馆为面，可谓自然山水园林之经典。其古朴典雅、幽深纤秀，名泉众多，人文深厚；风光美而内涵深，泉水清而质甘洌，可沁心脾、涤污浊，堪称“天下第一泉”。

正所谓：二皇三圣一斗母，龟石枫溪天尺亭。三殿三园一泺苑，望鹤亭里品茶茗。趵突腾空新喷涌，难尽诗书一古城。今古圣贤承传有，七十二泉享盛名。

公园大门，面朝旭日，“趵突胜境”牌坊气势巍峨磅礴，郭沫若手书“趵突泉”金碧辉煌。踏入园门，有一水渠，临门而绕，上有小桥，曰晴雨桥。小桥流水，绿玉缠腰，水缓而平，一路蜿蜒，经久不息，名晴雨泉。至若云淡风轻，晴照晚晖，扶携驻足，伫立桥头。若明镜面之起漪涟，牛毛雨之拂绿水，来去瞬间，淡悠散去，复而聚之。水中青草，延绵而动，又若碧玉之现纹理，叠翠层层。及岸边垂柳依依，似锦绣帘幕重重，昏黄晚照，柳叶镀金，使人顿生水乡之阴霾，江南之离愁，更有“瀑布杉松常带雨，夕阳苍翠忽成岚”之北方豪情。

晴雨泉北，怪石丛中，为马跑泉。端坐在太湖石之上，则见串串雪莹水泡，于石砌池边逸出，直弯无序，快慢有致，似珠链串串，更有大小水泡，直浮水面，又如美女之轻盈、醉汉之无意，砰然而碎或倏忽于无形，是为漱玉泉。望之，则浮想联翩，犹感知美女端坐泉前梳洗之浣纱美景，亦感叹红颜易老青春易逝之岁月无情。

西为金线泉，泉内两股泉水无形相击，势均力敌，阳光照之，清澈通明，隐力所现，成一金线，宛若游丝，若有若无，蜿蜒荡漾，甚是神奇，是以同趵突泉、黑虎泉、珍珠泉并称济南四大名泉。

南行，则垂柳绿云飘渺，满目新绿青蔼，风拂白云，忘忧怀乐，千种情思，万般胸怀，尽融泉中。

至西则为趵突泉，誉七十二名泉之冠，号称天下第一名泉。泉水分三而迸发，水花四溅，壮如白雪三堆，称“趵突腾空”，蔚为奇观。泉水质洁甘美，沏茶，则色清、味醇、爽口。

悠坐泉东望鹤亭，品茗赏景，心旷神怡，流连忘返。泉若素女，披碧纱而溢清香，娴雅淡然；又或墨沈淋漓若精画，孑然韵致；更有翠竹绿荫，花色点缀，鸟雀穿飞，稍有文才，便可润文笔而生辉，激灵感而生情。

朦胧月夜，漫步林间，宛如瑶池蓬莱仙景，又似漫步深山原野，疏影动而草虫鸣，水面寂而流韵现，水月交相辉映，鱼跃水面嬉戏，泉声悠远，人醉忘返。

园内亦有戏台，好者自娱自乐，抑扬顿挫之腔此起彼伏，京胡琵琶锣鼓铿锵有力，清晨悠扬与鸟鸣相伴，傍晚与落霞灿烂齐飞，好一个悠闲、清雅之散漫生活。

趵突泉南为枫溪和月岛，泉西为万竹园。泉东漱玉泉畔，有一院舍，清雅娟秀，松竹掩映，清照纪念馆也。阶前萱草浓绿，院内紫花盛茂，芭蕉绿肥，腊梅清瘦。及冬日，白雪映蜡梅，清香沁脾肺，蕴书香而涵灵气。馆内悬《石城风雪》图，有郭沫若题写之匾：大明湖畔趵突泉边在垂杨深处，漱玉集中金石录里文采有后主遗风。幼安清雅秀丽，登城北望中原，无限故国情思巾帼情怀，尽在“生当作人杰，死亦为鬼雄”中。

趵突泉公园泉石、景致、名迹颇多，廊亭轩榭，迂回穿插，游之而不知所处，柳暗花明，景致层出不穷，所映泉、石、戏、灯、菊、书、画、碑之韵味，皆融泉水、山石、园林文化为一体，拙劣之笔，不能尽详，唯亲临体会，方得真味。

◆ 张 倩

心 志

昔学成之时，因心念故乡，拜别师友，毅然还鲁。怀壮志雄心，施展抱负。思齐鲁大地，安能无立命之地乎？然事与愿违，孔孟之乡，星汉灿烂，人才济济。所学有限，举步维艰，郁郁不得……

唯矢志不渝，初心不改。卧薪尝胆，琅琅达旦，博学笃志，踉跄而行。终上天不负，雨晴云散，否极泰来。蒙水发厚爱，幸甚至哉，得偿所愿！

回首来路，唏嘘不已。感父母良师恩情，祝水发雄姿无加！表此一文，一以告知，趁青春年少，回归齐鲁，再续前缘，路途漫漫，任重道远，定当不忘初心，不负韶华，励志前行！

◆ 张文杰

水发十一周年感怀

——写在水发乡村振兴项目开工时

借改革之春风，锐意进取；沐和谐之春雨，铸就辉煌。水发民生集团审时度势，运筹决机，择天府之国宝地，建乡村振兴万亩果园。

有志之士于此地干事创业，树“上善若水，发展惠民”之丰碑，立“自强不息，厚德载物”之伟传。

忆往昔，坎坷崎岖并伴，风雨霜雪交加。然艰苦磨练意志，困难孕育成功。水发人回应号召，紧跟党步。敬业乐群，以企为家。励精图治，自强奋发。领导运筹帷幄，志存高远。广招贤士，珍惜栋梁。开拓创新，求真务实。上善若水，乃立业之本；发展惠民，是兴业之方。十一载拼搏，奠定百年根基。

时光荏苒，岁次辛丑，喜鹊高唱，桂蕊流芳。回眸过去，思绪纷飞，感慨万千；展望未来，胸有成竹，信心百倍。水发如林，济雏鸟以羽丰；水发似海，育幼鱼以成长。水发人，深情厚谊，感恩荷德，唯以勤勉不怠，恪尽职守，奉献人生，收获喜悦。乡村振兴之使命，定当永志不忘；水发文化之精神，必将不断弘扬。

第三辑　现代诗歌作品

◆ 刘传红

我自豪，我是润鲁养护人

我自豪，我是润鲁养护人，
十一年，人生宝贵的十一年，
我用双手改变着管道的方方面面，
我修剪了沿线的草草木木，
我树起了沿线的根根护栏，
我打扫了沿线的沟沟坎坎，
我巡逻了沿线的角角落落，
我记录了流过的滴滴甘泉，
我维修了每一个闸室泵站，
我流下了饱经风霜的汗水，
我忍住了钻心透骨的寒风，
我经历了风雨交加的夜晚，
这一切的一切……
都在我脑海里留下了深刻的记忆，
我自豪，因我的付出没有白费。

我自豪，我是润鲁养护人，

十一年，人生黄金的十一年，
我将青春奉献给了这长长的管道，
管道上的小鸟给我唱着欢歌，
管道中的流水给我伴著名曲，
管道上的树木给我点头欢迎，
管道上的护栏给我张口大笑，
管道上的泵站给我喊着口号，
管道上的马路给我指引方向，
管道上的一切一切……
已经融入了我的血液心脏，
我自豪，因我的青春无悔。

◆ 沈秀花

时代造就水务魂

你，一名水发人，乡村振兴的守护者，
国家一声号召，
用你那双手，铆足了劲推动着小康社会前进。
你到过的地方，汩汩清水润民心；
你留下的足迹，美化了一片片村庄的容颜。
你是祖国大地的供血者，
为这一片大地，
制造出了新鲜、干净的血液。
是你，让千家万户的百姓，饮上了甘露。
你是大自然的清道夫，
用你勤劳的智慧和有力的臂膀，
让一条条污浊的水系清澈、透底。

是你，让我们的家园，美丽如斯。
正是你水润万物的奉献，水如明镜的忠诚，
造就了一个团结奋进的团队，
谱写着“上善若水、发展惠明”的美丽的篇章。
你，仅是一个水务人，
却美得无可方物，
美得如水般清澈、透明。

◆ 张永记

水发人·水发魂

上善若水的魂不动如山，
发展惠民的根紧扎心田。
我们无私，我们奉献。
我们让黄河之水，
化成一缕缕清泉。
谨记黄河历史的悲鸣，
不忘长江现世的壮观。
服务万家的责任在肩，
科学先进的管理经验，
安全生产紧绷一根弦，
严谨的态度绝后空前。
谨遵党的号召，初心不忘恪尽勤勉。
牢记党的使命，脱贫致富谱写新篇。
生机勃发的水发人，
无私奉献的水发魂。
奔跑在科技时代的前沿，
扎根在社会主义的明天。

◆ 赵书林

有一种选择

自一场“疫霾”把你我隔开，
昨日万家灯火都被寂静取代。
有一群“战士”逆行而上。
他们是谁？
他们是南水北调人。

他们
奔赴没有硝烟的战场，
出征就要如此英勇。
勇者无惧，
众志成城，打赢胜仗。
华夏大地挺直脊梁。
前进前进向前进，
共同奔向战场。
向党宣誓，
握紧的是誓言，
火热的是中国梦。

他们
奔赴没有火光的战场，
逆行也有如此儿女柔肠。
英雄无悔，为祖国担当。
不忘初心，大爱无疆。

用爱心连接爱心，

中华神州家和安康。

前进前进向前进，

共同播撒希望。

◆王　杨

传奇水发

在齐鲁大地上流传着一个神奇的传说，

那是水发的传说！

一夕间，水发的名字，

遍布中国的每个角落。

在新疆、在四川、在福建、在河南。

十一年的风雨历程，

造就坚强不屈的水发人！

农业、环保、文旅、清洁能源，

多元化发展！

星团化管理模式，

提供持续保障！

水发集团正以他独有的魅力，

迈向全国，迈向世界！

当我们回首一生时，

必定会以我们曾是水发的一份子，

而感到骄傲与自傲！

◆朱　飞

不　朽

我是一尾蓝鲸，

心，遨游于天际，

鳍，触碰着云端，

清风徐来，一念成海，一念成山。

无奈啊，

这世间的云烟过往，

总归是要成为过往云烟。

我只好，悄悄地寻一片海域，

安放我与生俱来的浪漫。

安静地坠落沉浮，

闭上双眼，感受肌肤骨骼被蚕食分解，

直至落入海底，化作各色礁岩。

这是我最后的心愿，

归还给蓝色海洋深处那片绿洲的温暖，

我能感受到阳光给予的温存，像极了我给众生的滋养。

再让我看一眼吧，那些鱼儿在海底纵情地舞蹈歌唱，

再让我感受一下吧，那些鱼儿在我身体骨骼中穿梭的猖狂，

消亡，无处不在！

逝去，从未离开！

再让我看一眼吧，化作不朽，

一眼，胜似不朽！

◆ 刘时喜

水利人·奉献

你是滚烫的汗水，
化作河川，
滋润万物，
斑斓了大地，
精彩着生灵。

你是巍峨的山，
不炫高度，
用默默的坚守，
把大禹的精神，
站成永恒。

你是一支笔，
点点妙手，
装扮江山，
书写运河千年的文明，
传承都江堰的灵魂。

你是上帝的一双手，
让黄水柔顺，
三峡低眉，
银河落天，
落瀑倒回。

你是大地的儿子，
勤劳执着奉献，
用自己的智慧，
开创未来，
延续华夏的辉煌。

◆王　扬

烈日当空，责任担当

——致敬高温工作下可爱的润鲁人

战高温
责任担
酷暑如焚抗艰难
润鲁工人把活忙
一面面护砌的石坡
一条条灌溉的管道
一座座除险加固的水库
都是他们用勤劳汗水铸造的成果
都是他们用粗壮双臂扛起的建业
润鲁人的热情是雄健马蹄
润鲁人的汗衫是千万语话
即使在烈日炎炎下
也能看见他们辛勤工作的身影
即使在艰难前行时
也能看见他们尽职尽责的付出
上善若水
发展惠民

酷暑高温责任上肩

义不容辞贡献力量

◆ 李梦楠

我们的愿望

我愿是那孤独的仙女

点亮月光

放牧着群星

我愿是那疾驰的闪电

驱赶着乌云

向大地洒下甘霖

我愿是智慧的长老

老树般的躯干中

闪亮着一颗启明星

我愿是那一朵小小的浪花

欢腾着奔跑着

投入大海的怀抱

我愿我是祖国山河的一粒种子

扎根祖国，保卫祖国

我更愿是水发集团的一滴水珠

开启一扇扇温馨的大门

收获一个个满意的微笑

涓涓细流，汇入生活

哗——哗——哗——哗

这就是我们的愿望

我们的足迹

能到达最需要我们的家庭里
我们的路途
很远很长
但我们步伐很坚定，队伍很团结
我相信我们的愿望会全部都实现

◆王　颖

水发风华

以黄河落天走东海
在齐鲁大地上积蓄着开山凿石的壮阔激昂
日月合明四时合序
于蓝天碧水间氤氲着海晏河清的璀璨希望
春种一粟秋收万子
为现代化农业浇灌着大庇天下的温柔梦想
长风破浪直挂云帆
优化能源结构托举起大国重器的磅礴力量

逆行西北荒原的茫茫西海
以一份为生民立命的情怀建起万亩梨园
当朔风吹香千树万树梨花开
旱地里生长出许多缤纷璀璨的梦想

逆行雪域高原的巍峨山岳
以一种万夫莫开的担当推光伏储能项目
当雄鹰飞过雪山冰谷晞太阳
高原上响彻着一曲悠远动人的牧歌

逆行新冠疫情的生死战场
以一颗风雨同舟的决心守护山河无恙
当笑颜绽放在患难同胞脸上
生命里镌刻下一句无怨无悔的誓言

千里江山跳动着坚实有力的脉搏
源头活水滋养着天地灵秀
万里征途奔涌着川流不息的血液
惊涛骇浪迸发着满腔热忱

当好齐鲁大地水安全保障的金盾牌
做强山东生态与环境保护的急先锋
开辟现代农业和清洁能源的新出路
创造文旅休闲与医疗康养的硬口碑
书写教育托举大国复兴梦的新篇章
这条征途漫道一走就是十一个春秋
我们竹杖芒鞋踏浪披荆也从未回头

◆ 徐　恩

砥砺前行 · 不负青春

当青春之光敲响梦想之门
请打开心扉拥抱赤日朝阳
青春无价，转瞬即逝
唯有拼搏，方可无悔

人生漫漫，道路崎岖
唯有坚忍不拔才能攻坚克难
逆水行舟，不进则退
唯有奋力拼搏才能赢得胜利

曾公屡败屡战方平半壁江山
越王卧薪尝胆才有奋发图强
披荆斩棘方见斗志昂扬
开天辟地尽显英雄豪气

愿我们以青春之豪气决人生之高地
以顽皮之任性赌必赢之信念
以泣血之决心谱壮志之华章
以无悔之精神达梦想之彼岸
曾经的追求，不能被现实磨灭
当年的理想，不能被世俗捆绑
雄关漫道，我们权当闲庭信步
沧海横流，我们方显英雄本色
艰苦卓绝锤出铁打的性格
助推发展亮出水发的底气

我们高高举起信念的拳头
无论风雨沧桑
无论岁月斑驳

我们都会用自己的深情

开拓火红的水发事业
实现共同的水发梦

不忘初心，方得始终
不负青春，砥砺前行

◆ 萌 萌

征 途

走过风雨和沧桑
你变得日益健壮
惠民强企 初心不忘
利国达善 使命担当
千锤百炼 做大做强
你用惊人的速度
行至四海八方
你用坚实的臂膀
担起脱贫的希望

走过春华和秋实
你变得沉稳坚强
挺起脊梁 逆势担当
顺势而行 硕果盈枝
浩瀚商宇 星团成群
你用铿锵的步伐
跨越艰难阻挡
你用钢铁般意志

书写铮铮誓言

改革的曙光把征途照亮
乾坤未定 步履不停
携天时地利
创人和共赢
热血为引 前方灯火通明

◆ 孙运森

在梦中

在梦中自己变成了一滴水珠
流入小溪
流进小河
进入了湖泊
慢慢地
慢慢地
汇入黄河中
汇入长江中
汇入到奔腾不息的大海中

在梦中自己变成了一片雪花
穿过云层
越过高山
来到了人间
轻轻地
轻轻地

融化在高楼上

融化在大地上

融化在人们的心里

◆郑　玮

雾

水发民生

你气吞山河

浩浩荡荡

你可以让天地混沌

让万物惆怅

将是非执掌

你淹没了四海

吞噬了九州

停滞了时光

可是，当有了太阳

理性的光辉飞扬

你，也不过是

如同小丑般

障眼的伎俩

蜕　变

执子之手　十指相扣

那是我们神圣的殿堂

从此，既要追逐自己的梦想

又是你可靠的肩膀

一声啼哭　热泪两行
在感动与喜悦的产房
从此，既是父亲撑起的希望
又是儿子挺拔的脊梁

开卷有益　唇齿留香
那是儿子求知的课堂
从此，既是一堵围护的城墙
又多了些丝丝的守望

◆ 陈巍巍

把絮子揉成泥

杨的快递
——烟支支地到了

一封封
从胎中炸裂
夺门而出的絮子
闹啾啾又花琅琅
莽苍苍又净荡荡
活擦擦涂鸦了单纯的季

白灵灵地游走
又密札札滚打在一起
化成
——淅沥沥的泥

头絮飘雪的早晨

疏朗朗对镜梳妆

另巍巍的肩头

落满

——苦孜孜的泥

矿　工

黑亮的影子

从井巷深处

一段一段站出

拼凑在阳光下

濯去

镶嵌在指缝的泥

蝉

打裂缝小心翼翼地探出

褶皱的翼

芭蕉待雨一样

伴着

熨烫、平复、抚慰掉

三生两世的寂

浓汤们的深渊

不知谁的呐喊
鞭使一群浓汤们
跳上筷箸
蜷缩成
圆球般的固执

砧板撕扯般
耗逝了青春的温度
油花花泛着炽烫的荒诞
一直猜想——太阳
也在里边
偶然的几个椭圆
企图拉住伙伴
止步于所谓的咫尺深渊
只是
某个狡黠地一抖
让所有的幸运
没有了豁免

席地而坐的米兰

你说的米兰是冬青
豆蔻时的样子么
那是隐忍的细腻
把肥嫩的名片拧干水分

恭敬出静雅的鹅黄
绮罗的巷子
雾雨迷迭
却轻漫了
席地而坐的鱼子兰

你说的米兰是冬青
花信时的样子么
那是无忌的芽头
伺机偷走路人甲的痴狂
吸吮着倒流的时光
金翠的街坊
雨降沉藏
亦拂袖了
大大落落的赛兰香

你说的米兰是冬青
是期冀时的样子么……

摒 息

西山日落
戏装和影子
也跟着重重摔碎成
一林蝉鸣

残喘着捅破金壳

撑开枷锁
飞溅的碎片
惊醒了雷声

梳篦褥下的青丝
揉捏挽扣
也重重地摔下
成为夜的蝉翼